« Pour Joséphine, Augustin et Madeleine.
Parce que je suis leur inséparable amie.
Parce qu'à leurs dos leur père a cousu tant d'ailes. »
A.V.

« À mon fils Simon
et à mon neveu Léandre. »
J.M.

50 bis, rue du Renard 76000 Rouen - www.editionsetageredubas.com
Éditrice : Delphine Monteil
Assistante éditoriale : Mélanie Lehmann - Maquettiste : Céline Robert
ISBN : 978-2-490253-39-5 - Dépôt légal : février 2023
Loi n° 49-956 du 16 juillet 1949 sur les publications destinées à la jeunesse.

Achevé d'imprimer en janvier 2023 par Jelgavas Tipogrāfija (Union européenne).
Les illustrations de Julien Martinière sont réalisées au rotring
et à l'encre de Chine, les couleurs sont travaillées en numérique.
Ce livre a été publié avec le soutien du CNL.

Angélique Villeneuve

Julien Martinière

JE SUIS TON MANTEAU

L'ÉTAGÈRE DU BAS

Tous les jours
et par tous les temps,
Igor a un peu peur.

Peur de sortir de la maison, et peur,
surtout, oh oui très peur, de franchir le pont de bois
qui mène les enfants vers le grand Là-bas.

Il préfère son lit.
Il préfère son tapis.
Ses jouets.

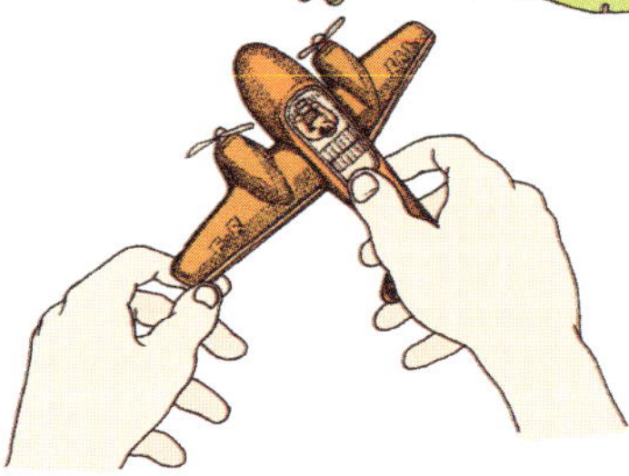

L'arbre rouge
qu'on aperçoit par
la fenêtre depuis les
débuts du monde.

Il préfère son père
qui, toujours, le prend
dans ses bras lorsqu'il
a peur de tout.

Traverser le pont qui mène sur l'autre rive est impossible parce qu'on peut tomber, on peut glisser, parce que l'eau au-dessous est mille fois trop de l'eau. « Tu dois aller dans le grand Là-bas pour voir et pour apprendre, dit le père d'Igor à Igor. »

Mais Igor ne peut pas,
parce que la peur qui habite
à l'intérieur de ses jambes
l'empêchera de marcher.

Un jour, une idée formidable entre dans la maison.
Le père d'Igor et Igor commencent par monter
sur le toit pour ramasser des plumes. Ils en trouvent
beaucoup, à croire que les oiseaux les ont posées
pour eux sur les tuiles et dans les gouttières.

Le toit est très haut, les pentes drôlement raides, mais Igor n'a pas peur. Son père est là et puis il y a l'idée formidable avec eux sous le ciel.

De retour chez eux, le père ouvre
avec des ciseaux le petit manteau de son fils et,
à l'intérieur, il coud deux grandes ailes.

« Avec ce manteau,
rien de mauvais ne t’arrivera
dans le grand Là-bas. »

Igor a compris.
Si par malheur le pont
se détachait, si son pied venait
à glisser, si de l'autre côté des
ennemis s'avançaient…

Alors, alors,
les ailes cachées
s'ouvriraient,
et il s'envolerait.

Quand le pont apparaît devant lui, bien sûr, Igor a peur, il a peur un peu.
Mais il sait que s'il voulait, en cas d'urgence et d'un coup d'ailes il retrouverait
son lit, son tapis, ses jouets, l'arbre rouge et les bras de son père.
Lorsqu'à tous petits pas il traverse, il sent, dans son manteau, la chaleur
et la force que les plumes ont gardées pour lui. Ensuite il se promène,
et il voit et apprend comme son père lui avait dit
qu'il apprendrait et verrait.

À la fin du jour, lorsqu'Igor s'en retourne,
c'est comme s'il n'avait plus besoin du pont
tant il est transporté de joie.

Rentré chez lui, il raconte.
Car il connaît maintenant des choses que
son père n'a jamais ni vues ni apprises.

Chaque jour, Igor repart vers le grand Là-bas
et chaque jour il se sent grandi.

Quand il le faut, son père découd les ourlets et les manches pour rallonger ou élargir son manteau plein de plumes.

Un matin de soleil, il rencontre Ida.

Elle est belle comme un arbre rouge.

Ils restent tout le jour ensemble, à jouer, à parler, à sauter,
à tourner, à devenir d'inséparables amis.

Ils vont partager leur dîner et puis Ida rentrera
chez elle avant que la nuit n'avale tout.

De retour, Igor a dans le cœur le grand soleil de son amie.

Mais le lendemain, devant le pont il s'aperçoit qu'il
n'a pas son manteau. Il l'a oublié de l'autre côté,
tellement la veille il se sentait fort et fier d'être avec Ida.
Jamais, jamais il ne va réussir à traverser tout seul.
Il se sent ce matin si petit sans ses ailes.

Et puis tout à coup, des mots entrent dans sa tête :
– Je suis ton manteau, dit la voix de son père.
– Je suis tes ailes, dit l'oiseau dans l'arbre, là-haut.
– Je suis ton inséparable amie, dit Ida à l'autre bout du pont.
Alors Igor s'élance…

Quand le soir il revient chez lui, Igor se sent fin prêt.
Il regarde son lit, ses jouets, son tapis, son arbre par la fenêtre.
Il prend son père dans ses bras. Il va partir pour un long voyage,
mais reviendra bientôt. « N'aie pas peur, Papa, lui dit-il.
Je te laisse mon manteau. »